A SIRENA

LA RANA

EL PESCADO

LA LUNA

L DIABLO

LA GARZA

LA CORONA

EL SOL

L PAYASO

EL LEON

EL CABALLO

EL GALLO

L GALLO

EL PESCADO

LA RANA

LA LUNA

 EL TREN

 EL CABALLO

 EL TECOLOTE

 EL SOL

 EL PAYASO

 LA LUNA

 EL LEON

 EL GALLO

 LA SIRENA

 EL PESCADO

 EL TREN

 EL TECOLOTE

 LA CORONA

 EL SOL

 EL DIABLO

 LA GARZA

THE KING OF THINGS

EL REY DE LAS COSAS

∽ **Artemio Rodríguez** ∽

I am three years old.
I am so strong,
I am so smart,
look at what I own!

Tengo tres años.
Soy tan fuerte,
soy tan listo,
¡mira lo que tengo!

The moon

La luna

LA LUNA

And the sun

Y el sol

EL SOL

A fish

Un pez

EL PEZ

And a clown

Y un payaso

EL PAYASO

A mermaid

Una sirena

LA SIRENA

A little devil

Un diablito

EL DIABLO

A frog

Una rana

LA RANA

And one rooster

Y un gallo

EL GALLO

A big train

Un gran tren

EL TREN

A horse

Un caballo

EL CABALLO

And one owl

Y un tecolote

EL TECOLOTE

A heron

Una garza

LA GARZA

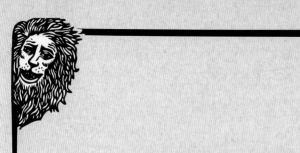

And a lion

Y un león

EL LEON

All these things I own.
This is how I play
and my name is Lalo.

Todas estas cosas
son las que tengo.
Así es como juego
y me llamo Lalo.

LA CORONA

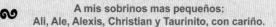

A mis sobrinos mas pequeños:
Ali, Ale, Alexis, Christian y Taurinito, con cariño.

The King of Things/El rey de las cosas was created from a fine press, hand-bound limited edition book produced by La Mano Press.

FIRST EDITION
10 9 8 7 6 5 4 3 2 1

Library of Congress Cataloging-in-Publication Data

Rodríguez, Artemio, 1972-
  [King of things. Spanish & English]
  The king of things = El rey de las cosas / written and illustrated by Artemio Rodríguez.— 1st ed.
    p. cm.
  Summary: As he plays with lottery cards and looks at the pictures, three-year-old Lalo thinks that he owns the world, including the sun, a big train, and a frog.
  ISBN-13: 978-0-938317-97-5
  ISBN-10: 0-978317-97-0
  [1. Imagination--Fiction. 2. Spanish language materials--Bilingual.] I. Title: Rey de las cosas. II. Title.
  PZ73.R6284 2006
  [E]--dc22

                                                                          2006001794

Book and cover design by Sergio A. Gomez
(We've been waiting for you for a long time!)

Thanks once again to Sharon Franco & Luis Humberto Crosthwaite for their editing eyes.

Published by Cinco Puntos Press
El Paso, Texas

www.cincopuntos.com

 SIRENA

 LA RANA

 EL PESCADO

 LA LUNA

 L DIABLO

 LA GARZA

 LA CORONA

 EL SOL

 L PAYASO

 EL LEON

 EL CABALLO

 EL GALLO

 L GALLO

 EL PESCADO

 LA RANA

 LA LUNA

EL TREN

EL CABALLO

EL TECOLOTE

EL SOL

EL PAYASO

LA LUNA

EL LEON

EL GALL

LA SIRENA

EL PESCADO

EL TREN

EL TECOLO

LA CORONA

EL SOL

EL DIABLO

LA GARZ